水鬼事變

湖南蟲

目次

輯一　人

輯二　鬼

輯三　殊途

輯一

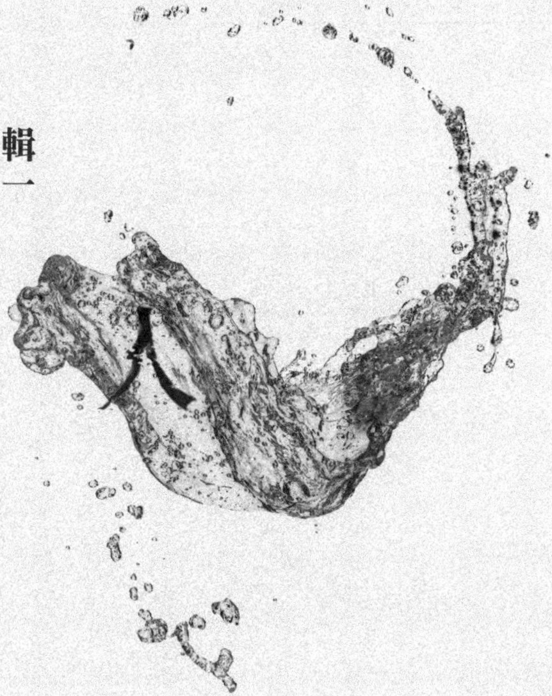

日常通勤，時間很長，漸漸感覺聆聽歌曲太過奢侈，就改聽人講話。
好多好多人，各種事件意見，有時也很好笑，或提供些許星火資訊。
但更多是，讓人聲成為背景白噪音，流過耳畔無痕。

因為總是分心在想其他的事。

一次推薦朋友某節目，說不想聽歌的時候，可以聽他們講垃圾話。
朋友答覆：「我不想聽人講話。我不喜歡人。」
負氣一般的聲明，像藏在深深泥土裡的水分，被無用雜草一般的我，吸收上來。

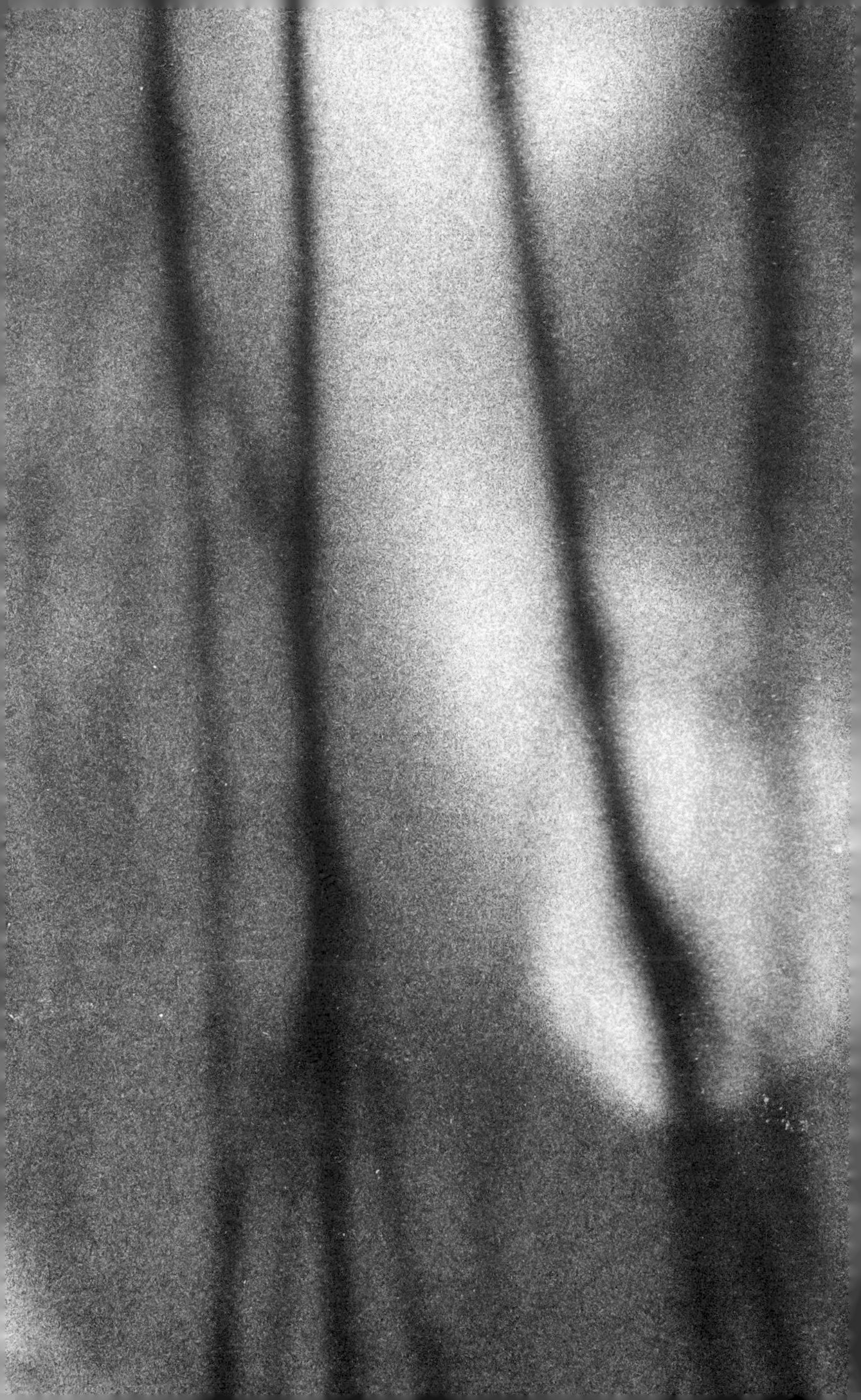

一代機

我曾向上蒼乞求人身
當荒漠長出仙人掌
我也自母親的體內滑出
發出洪亮哭聲
才明白
光有肉身是不足夠的

那年夏天，和家人一起造訪溪谷
我追逐蜻蜓如童話生物
明明踩穩在石頭上
青苔仍滑我跌入河中

那一秒我看見陽光被流水扯成各種形狀
猜想自己也跟著潰散
直到被爸爸撈起，捏回人形
才發現
這肉身實在脆弱

也不易使用
動不動就身不由己、
言不由衷
包括十七歲初吻的滋味
三十歲戀愛的疲憊
在床上時我思緒常飄遠回到少年時的性幻想
兩相對照才知曉
幸福無聊

不幸充滿創意
譬如溺水一般的窒息式性愛
兩具肉體一起死
多麼難得
一起死而復生則更加難得

而上蒼始終不懂
此事多美
只是瞠目結舌
人類一直把肉體玩出新的可能
還不需要二代機

已知用火

身為一個現代人
深深感激，成長在已知用火的時代
感激那位可能因雨中的雷
而靈感迸現的誰
陽光的移動且使他學會
將乳豬翻面
我若生在那時，絕對將這一幕
做成壁畫

身為一個現代人，我也感謝
生在已知日蝕的時代

已知除魅，把巫術和煉金，納入藝術領域
神學歸於精神科範疇
至於星座，只是比較花俏的統計學

謝謝天，賦人權
誰都有離婚的可能了，為此我
謝謝彩虹美麗。謝謝雨露
如此均霑，投票日我和首富一樣缺錢
和明星同等黯淡，為此我
謝謝晴空，允許一切新鮮事發生
包括更自由的自由
像一株雜草那樣的自由

也謝謝地，謝謝野花

謝謝逆天的辣香蕉和甜苦瓜，或者大麻
謝謝不管什麼
讓我們已知討論
廢娼與否，處決或不處決，用藥能如何合法
每一天刷新三觀，夢中接見許多外星人
為此我，謝謝不斷轉動的地球

也謝謝火苗，在最黑暗時讓樹枝成魔杖
點亮山洞
一幅畫顯示人類如何摒棄生肉
一幅畫顯示人類如何以火取暖
那不像我正在做的事嗎——
支持一切再微小的革命
寫一首詩謝謝已知用火

我的一票（沒）投入光影之隙

關於戰爭表決的結果
我無話可說
我的一票
沒有投給那些定居在電線桿上
的麻雀

沒有投給稚氣
沒有投給便服日
沒有投給放學後在炸雞排攤前排隊的中學生
沒投給加班後回家在小套房煮一碗泡麵
沒投給驟雨

沒投給心臟爆擊
沒投給山谷盡頭
沒投給跪著求誰不要分手
沒投給了忘了說再見
沒投給睡到流口水
沒投給等
沒投給不等了
也沒投給強行擊破鵝卵石
裸露出內裡跳動

我接受戰爭表決的結果
心悅誠服
帶著全家流亡異國
想辦法在路上為孩子乞討一片衛生棉

明天的月亮

明天的月亮升起前
我要前往一個遠方——很遠很遠
遠得讓所有的無數次都變成第一次
遠得海岸因為被收納入更大的尺度而渺茫
遠得夠看出一座島在經歷砲火轟炸後
成為一灘人形
逆流爬向火山口

那時我會用岩漿點燃一根菸，等它
和我一起
等昨天的月亮抵達今天

明天的月亮升起前
我要前往一個遠方——更遠更遠
遠得流彈都飄零成音符
遠得簡直像聽過同一首歌那樣
隱隱約約的靠近
毫無關係的事物
忽然呼應：譬如把青空燒成碗（盛雲）
土製成衣（暖蟬）
霧編成紙（撫痕）
風追趕成另一陣風（載鳥）

不管再遠，我會記得我是從一座島嶼出發
如同月亮從昨日出發
一趟鑄銀的旅程

明天的月亮升起前
我要前往一個遠方——再遠再遠
遠得我終於理解
月光是銀幣往有水的地方投擲
然而我居住的城市在戰爭過後
河都已經移了位
有些則進入枯水期
像一根長長的舌頭伸出來想要接住雨水
徒生苦味。像一條發光的公路在海逝之後
再無法抵達海市或海誓

海是只剩記憶的海
暗中洶湧
我摸了摸口袋中想像的銀幣繼續走

○ ◐

明天的月亮升起前
我要回到一個遠方——太遠太遠
遠得幾乎不可能原路返回
遠得能看見月亮通過了
換日線。明天的月亮升起前
我要回到那個遠方——不遠不遠
如同月亮，一直在那

一如以往幽明靜好
無論圓缺
都讓我聽見水聲——好近好近

◐ ◑ ●

雨聲

下雨了
雨水在降落途中不發一語
光在雨滴間反覆打磨
想起前世曾是酒
是湯藥
是汁
是畫家作畫必須
歌手唱歌必須
情人做愛必須
曾經生生不息
如今也只能墜落了嗎？

下雨了，像一個失聯的朋友，曾經
如病毒窺視我的身體良久
終於進入。熱情發燙
如暴風和冰雪
人世冷涼我大病一場
醒後失語
喝一杯溫開水時想：冰塊
是水的碎掉形態嗎？
水很痛苦時，變成冰塊狠狠摔得粉碎
不那麼痛苦時
就下雨？

下雨了，雨景被屋裡洞開的窗，裁成方框

一幅流動的畫
我打開窗，讓雨聲進來
不為了消息
為了回憶
冬夜太冷且暗
我燃燒許多心事撐到天亮
仍難以驅逐那遠走的背影

下雨了，不眠不休
持續消長
深吸一口氣，我走入雨中
想這滴雨我碰過，那滴雨我嘗過
伸手攔住那絲線如針灸無痕地傷害我
又治療我的

曾從皮膚滲出
眼睛流出
體液的表白有時非常沉默
才讓雨聲代為說明？

雨，要下不下，天空在想什麼？
在遙遠的雲層之外、星塵之外
無法復返的昨日之前
宇宙中是誰，融化了一顆白色星球
成為我們的海？
雨，下下來
浪花在風裡翻飛
曾經是雨的水，沖刷海岸
代我纏綿

孩子

孩子沒有想過，身為孩子
即意義本身
像無風的日子
一只風箏在草地上
與整座凝固如同果凍的天空對望
風箏想像天空瓦解碎裂如雨降下的模樣
想像自己沐浴在這樣的想像中
已是飛翔

落日沒有想過，身為落日
即意義本身

像孩子的風箏
飛太遠，終於掉到地平線之外的另一個世界
暫時遺失。孩子哭的時候
整個人都變成眼淚，晶瑩透明
笑的時候，眼睛瞇成新月
允許星星閃耀

孩子睡了，就進入夢中。夢中和夢外是一樣的
不像有些大人睡了就盼望夢回從前
孩子睡了就登陸小人國
低頭看媽媽搭著雲梯上來餵他喝藥
不感覺奇怪。孩子睡了就是在冰淇淋宇宙漂浮著醒來
舔一口怪獸形狀的雪糕，也是尋常
夢是身體澆水

肚臍發芽
最後把花摘下來的那一刻，習得的魔法

孩子醒了，就登出夢中。夢中和夢外是一樣的
不像有些大人醒了就盼望死在從前
孩子醒了就去喝水
去小便。孩子醒了就抓抓臉頰
那醞釀了整夜等待被抓的癢
而大人活著就像是醞釀了一生等待被抓的癢
卻不可得
還是嘗試給予
並知曉給予有時
即意義本身

河水、山脈、父愛和母愛、
浪的顏色、樹的顏色……都沒有想過
自己即意義本身，不假外求
像爸爸愛或者不愛媽媽
或媽媽其實可能愛著另一個女人的同時
仍愛著孩子——
一切孩子能夠自然指認的狀態
即意義本身

本身無意義

「台北，位於球面體的兩個座標的交點上——北緯 25° 02' 東經 121° 31'。本身無意義。」——黃華成

台北本身無意義
對浪狗來說，無非是迷宮深處
找一個便當盒掀開；
對螞蟻來說，無非是磁磚間隙水泥縫裡
沿途回到洞穴。作為整體的一部分
個體的迷失不值一提
像大樹每年都抖落那麼多葉子

對我來說，則無非是通勤返程的路上

加入過境的冷鋒
緩緩散熱。抵達家門時天已全黑
抬頭看一眼被樓層包夾的夜空
感覺自己和你和未來
甚至和寂寞
都隔著遠距離

而台北本身無意義
更像是容器的容器的容器
裝了太多餘下很少
位於球面體兩個座標的交點上我們還在
加速度衝刺，以為彼此和遠方就在更近的更近的更近處
幾乎要伸手可及了
怎麼還是落空？

冬至搬家，請一天假，佯裝自己
可以關燈離開。冷空氣裡我呼出白煙
緩緩解凍，天空也霧般亮起
厚雲將雨未雨
本身無意義。雨落下
打在我們身上
簡直像存在過的證據再一次被洗滌在風中晾

只愛陌生人

狹路相逢
確認過彼此溫度
我們決定合作

吻質冰冰
像一顆硬糖融化
在你的舌煎

黑暗中
肌膚隱隱發亮
黏黏有餘

相湧後
解散
只有汗詩床單

無法朗讀
那些醃死了我們
結晶的鹽粒

海和岸的邊界模糊
愛和欲的邊界也模糊
我們浪過

每天下班

每天下班都如同斷尾
從團體脫落
成為我
苟且地輸出所有
對自己提問、回答、寫字、修改、校正
回歸——
直到被一通銀行優惠貸款的電話打斷
每天下班都如同被假釋
的囚徒
右轉前往機場

左轉去高鐵車站
卻也只是直行回家，又折返
夕陽問我為什麼？
月亮也問我為什麼？
晚上八點便利商店的店員問我為什麼？
半夜兩點螢幕裡的色情演員問我為什麼？
凌晨五點半補吃的半顆安眠藥問我為什麼？
風景明信片問我為什麼？
童年時期的我
也問我到底為什麼？
我只是穿上雨衣
騎摩托車去繞一繞
經過小學的校門口時發現
天空的雲也在持續消耗自己

為了放晴

每天下班就是離開修羅場
進入遊樂園
旋轉木馬疲於奔命
大怒神在尖叫聲中聽力受損
摩天輪難免空轉
鬼屋鬧鬼
小賣部二度就業的阿姨一臉疲倦
彷彿虧欠了誰許多
在努力償還之中還妄想為自己留下一點點
一點點就好
生日的時候許願孩子都健康快樂
準時下班回家吃飯

我們約下午一點鐘

我們約下午一點鐘咖啡店見面
失約的人要裸體步行直到被警察抓走
我們約下午一點鐘和巫婆見面聖誕老人見面
遲到的人要到街頭請求允許隨機抱人
我們約下午一點海岸見面雲端見面黑暗之中摸清楚對方輪廓見面
帶別人來的人要就地躺下任憑處置
我們約下午一點鐘旅館見面
我們約下午一點鐘這裡或那裡不管哪裡見面
我們約下午一點鐘你帶領我我帶領你密室見面
我們約下午一點鐘逃脫
背對彼此往前直線一直走到世界盡頭

起床——記大疫

整個夏天，他和她如常起床
在各自的密室裡
從藥水瓶取出肺臟
換上。他說：「早安。
今天竟然仍無異常
除了思考隔離之下
還能去哪？」

她說：「剛剛醒來
腦袋還未能處理
喧囂寂寞的問題。」

不能見面的每一天
心臟漸失愛人動機
中毒的電腦咳出許多視窗
人造燈光漾照
她整張臉
各種顏色的蒼白
她說：「已經很久
沒有做夢
現實和超現實的界線變得模糊。」

他說：「也已經很久
沒有做愛
自然和超自然
都令人充滿遐想。」

愛如此困難，當飛沫、纖塵與沉默
綁架了親吻、擁抱與高潮
他暫離
她裸身站上體重計
妄想尖叫後身體能更輕盈

分手之後，他們如常起床
收拾自己如同拾荒
偶爾花長時間盯著昨日之藥水瓶直到暈眩
裡頭有浸潤臟器後浮出的星星——
我們的病啊曾如此神祕
幾乎是不存在的幻想之物
像一條冷毛巾拂過高溫的城市
像月光失眠在所有無人的街

借來一用

借你的眼睛一用
看見與我所見
不同的世界
像點或滅一盞燈
在我們中間

借你的左手一用
撥動我像手指撥開密碼鎖
借你右手一用
摸摸我自己的臉
所有直立的汗毛順過

紛紛倒躺
安詳的死亡

借你的肺臟一用
深深呼吸
過濾廢氣
借你的肚臍一用
裝設天線
神祕的通訊滴滴答答流淌而入
開通傳說的疾病

借你聲音一用
說話、唱歌、沉默不語
嚥下祕密

借你的體味一用
加入菸草
燒出毒煙
投身迷幻的夜
成為你情不自禁的燼

借來一用
局部也使我完整
全部則令我缺乏

借來一用
心臟帶動我心臟跳動
生殖器官喚醒我生殖器官
借你的一日一用

學會成熟與老練
借來信念一用
填海造陸

借來一用
使我的虧欠有點道理
償還時
再借我淚水一用

前方危險預警

你打雷在我身上
死不下雨
旱地龜裂處
有什麼正要長出來

總有一天
湖會伸出雙手
把圍觀的人都拉進深淵

灌溉用水
不能用語言

雨林裡數以億萬計的生物正在交配
野火藉以蔓延開來
慾望的碳排放

下流的人
步步高昇
走入龐然烏雲

未來將來
就在現在
風雨欲來
也是現在

狂歡後動物感傷

深深呼吸後潛入水中
吐盡空氣後
的下一秒

前天是世界末日
大前天也是
今天跟昨天一樣醒在還未消退的海嘯之中

一反常態
我學會遵循規則
轉身游開

你是令我著迷的一切細碎總合

你是令我著迷的一切細碎總合
肥皂搓揉後起泡
赤腳踩在冰涼的磁磚上
留下熱氣
喝下的水用盡一切方法離開我身體
雨無人知曉來
無人知曉去
岩漿是火的液體狀態
愛情是人的夜體狀態
你是令我著迷的一切細碎總合

布料被撕破的瞬間
衛生紙被抽出瞬間
香水噴出瞬間
口香糖硬殼被咬破瞬間
把口水吐到另一個人的嘴裡瞬間
所謂活的瞬間
急促的呼吸漸緩到靜默
的瞬間

淋浴沖洗自己徒勞
泡澡消融自己徒勞
發現一切徒勞瞬間
還是去做一切瞬間
伸手在霧面抹出一道自己的臉瞬間

撿起什麼瞬間
放棄什麼瞬間
花開瞬間
蛹破瞬間
死瞬間
屍水流出像哭最後一次
溼最後一次
再乾燥最後一次

你是令我著迷的一切細碎總合
讓我的此刻遠比上一秒
更加永恆

一種美學

粉紅色變態
知識很噁
貓科動物適合統治世界
人廢
美學無論如何就是醜學不用質疑

黑色純潔帶勁
完美有瑕
你不渴嗎如果你已經一分鐘沒有喝水？
喝水是一種美德
把無聊的東西變成汗水尿液

連眼淚都至少擁有偏見

詩人的永遠年輕是美
歌手的長生不老是美
演員的六親不認是美
誰的血肉模糊都是美

所有的金屬都很笨
炭聰明一世
流星矯情
塑膠毫無爭議當選衛生股長
紙文藝復興
火工業革命
泥土明治維新

結果邪惡
過程善良
反之亦可
愚與雄辯能夠兼得

愛很獨裁
喜歡傾向民主
宇宙偏小
瀆偏大

任何形式的藝術都根源於病
健康最不自然
輕輕放下重
睡眠很鳥

陰影可及的範圍

是時候走了
負傷者。負傷了就不宜再繼續狩獵
不宜在空礦的草原逗留
不宜在返家路上
抄小徑
你知道，當夜晚像幕緩緩降下
在恐怖片裡
總有些路燈來不及亮起
一些雲擋住了滿月
陰影可及的範圍內
狼人變身到一半

縮回人形
靜靜盯著巷子底一名少女
又抬頭看了看天空

天空底下，也可能是另一名少年
可能是某男孩的母親
某女孩的父親
某生肖某血型
某年某月誕生，在平安夜
在愚人節
在二月二十九日，五月三十五日……任何人
任何人頭頂的雲都可能飄走
天體裸露
如此深邃的黑暗像一個完美的隱喻在等誰引用

可能是你
當冷冷的月光
像不出聲的見證者
目擊了一隻手探向另一隻手
觸發隱忍著哭的聲音

或是在巷口？你知道
在犯罪片裡
任何案發現場都在預料之內
或盛產乳汁的密室
或心房裡的豐饒之海
靜脈流域
骨架鐵塔
都不該被輕易路過

一道目光
一根毛
都不該。讓他們待在
生活可及的範圍外
幸福可及的範圍外
父親和母親，都這樣那樣提醒過
你似懂非懂，你開始理解
你經歷，你陷入
痛裡面。你煮湯療癒自己
過程包括但不限於：
斬首一隻雞，折下翅，拆去腿，掏空臟器，塞入藥材，燉
水滾。你想像那隻雞的靈魂已被超渡了嗎？
你想像那隻雞如果還有感覺
只是想像就燙傷了自己

你想：原來人真的會溺死在自己的記憶裡
你想：如果那些記憶能遠離
到眠夢可及的範圍外？
如果星塵真的有機會被擦拭乾淨？

是時候
取出子彈了。裝填，校準，開保險，扣扳機
對著月亮鳴槍
鐫刻著「遠方」的彈殼
鐫刻著「夢想」的彈殼
鐫刻著「愛情」的彈殼
擊發後就掉在地上像廢棄包裝紙
子彈在身體裡
是時候從血肉裡取出子彈了

就算到現在還不知道
射程可及的範圍外
走多遠能避免成為獵物？

在陰影可及的範圍內
你也抬頭
看了看天空。雲又飄走了
你知道雲是無辜的
月亮也是無辜的
但，「我也……」你說。路燈忽然就亮起來
月蝕
以傷口
安慰另一個傷口

愛貓

我鎮日追逐一隻貓
也被貓追逐
幾乎是疲於奔命
在愛之中

有時我感覺吃下的所有食物
都化作氣味與嗅覺
遠遠就聞到
也被聞到
幾乎是命中注定
在愛之中

沒有婚約
我又產下四子
公母各半
這是我第四次成為單親媽媽
究竟是什麼吸引畜生的體質
才會一再墮入
渣男地獄

一天，我被人類帶走
失去意識
醒來時，春天已經離開
我感覺自己在那個已不記得的夢中
昇華了

在愛之外
無憂無慮，日漸肥胖
幾乎就要忘掉那些早么的孩子
不知去向的孩子
成為父母的孩子
偶爾想到
只感覺乳頭隱隱發痛

路人

到底是為了什麼原因
有些星球就此
消失了
恐怖平衡就此瓦解
真是不負責任

只因為一個遊民
只因為一群難民
只因為一條溪，一座湖，一片荒野
一顆地球
就要放棄每天晚上

吹冷氣手淫的自由嗎？
身為一個被抽去神經的路人
他人的痛苦
有時簡直是怡人風景

所謂銀河
也不過許多礦物氣體
隨機排成一列
而星雲
只是一大堆的隕石
被收在一個盤子裡面

身為地球的訪客我也只是
經過

沒有要停留
此處已無葬身之地
插上引線點燃我就要走了

病著那時

病著那時我喝著一杯熱開水
馬克杯上的圖案是持著鋸刀的奈良美智娃娃
她綠色的裙子上有外語寫的髒話
血滴像雨一樣從刀子和她的嘴邊落下
病著那時我什麼也不想做
只想寫一則討拍的訊息給愛慕對象
說我現在好脆弱
請來安慰我
或欺負我。病著那時我清楚感覺到能量一點一滴消失中
喉嚨異物感如山路落石
身體一下發冷一下發熱一下發汗一下發瘋

病著那時我第一次認真看那杯子
上面印著發亮的燈泡和遭斬的花
查詢看不懂的英文字得出結果是畢爾包古根漢美術館
思考杯子是水的單位那什麼是杯子的單位？
一個一只一籃一塊一本一坨一片
甚至是一遍

有何不可？
病著那時我想寫的只有這麼一杯熱開水的容器
娃娃血口尖牙
娃娃邪眼看天下
世界在她的眼底安然無恙受庇護

病著那時我餓著喝一杯熱開水
病著那時我看醫生吃藥聽從醫囑多休息忌吃辣吃冰吃炸物

忌看限時動態忌按愛心忌寄情於寫作忌抽象
病著那時我皮膚斑駁剝落眼神黯淡失焦緩緩閉上
讓自己靜止幾秒鐘
儘管世界一如既往公轉自轉
我仍思考宇宙裡如此多的物質難道不會有一顆立方體的星
一顆地裂就流血的星
一顆由龜與象馱著的星
難道不會有這樣的一顆星
讓我病著那時的胡言亂語都值得被愛被原諒
被診斷被治療被看著眼睛
看著你
病著那時我睜開眼睛只看著眼前一位杯子
病著那時我陷入細碎的睡眠喃喃自語
病著那時我仍舊做著身為而人

從來不想做的一切事
譬如洗衣服曬衣服收衣服折衣服
病著那時我就是我自己不想做的一切事
想找個誰來做洗曬收折
拆掉重縫每一顆鈕扣
每一個扣眼
你知道每一個扣眼都在等著正確的那顆鈕扣鑲入
病著那時我想的淨是這些事情

幻覺動物

總有這樣的時刻吧？
雷雨中騎車回家
後座無人，全身溼透
冷得非常堅硬
冷得血都失溫了
密雲才透過閃電遞來留言：
原也就只是想說說話
怎麼就打穿你了呢？
渾然不知
幻覺有時禁不起過度的照明

也有過這樣的時刻
熱天午後
忽然憶起童年
跌倒擦傷後得到的結論是
唯有祕密
讓黃昏更加淒厲
也更加美麗
所以從沒跟任何人說起
是誰的一雙手在背後推倒了自己

就只是站起來
佯裝無事長大
看著結痂的傷口
提醒自己歷練過更悲壯的痛

在還那麼小的時候

就只是站起來
看一隻馴鹿飛過
抖落不知名液體
小小的海嘯滴下來
蝕傷我，蝕傷我一切，如我的一切有時也聚成
一滴淚
去蝕傷他人
在還那麼小的時候就知道
哭很好用
要小心溢液

在還那麼小的時候就知道

長大，每一條歧途都帶著刀邊，割裂自己
割裂以為有過靈魂
的自己。也割裂以為沒有靈魂
的自己。割裂獨角獸，走出森林
在路口等紅燈。割裂湖中女神，浮出湖面
繳所得稅。割裂人類，逃家
伊甸園成廢墟
撒旦每天蛇來蛇去打掃落葉
再沒空理會誰的性愛
或者性之後的傷感、
愛之後的傷寒——
苦難一如以往
真實到假

所幸有這樣的時刻
知道有一條河蜿蜒
象形擁抱。有一條河結冰
抵抗演化
所幸有這樣的時刻
一個誰出現，全新
像一顆未受愛卵
等待爭先恐後的包圍
渾然不知
幻覺有時禁不起過度的信仰
幻獸有時也受不了無性生殖的設定
受不了寂寞
寂寞是，意識到如今也只是
過去種種；是月光幢幢；是終於不信；是行李

裝滿了沉默。寂寞是超重的事物
拎在手上
割裂我，割裂我一切，如我的一切有時也聚成
一把刀
去割裂他人
如一頭獸咬死了另一頭

輯二

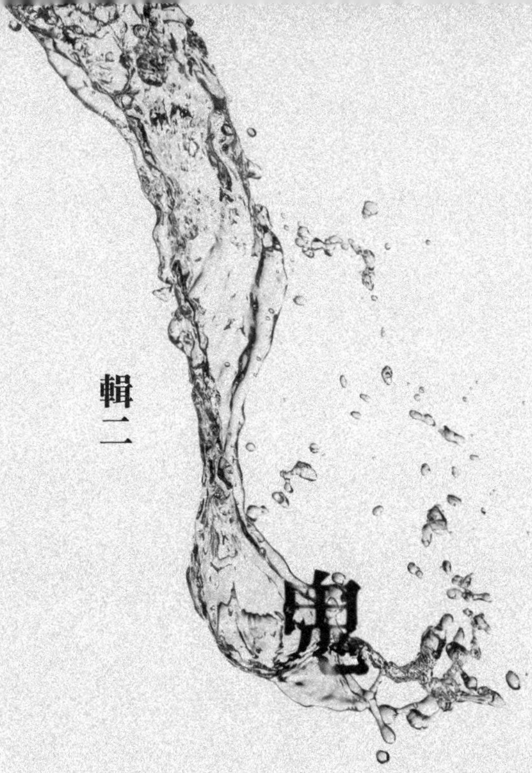

鬼

夜半轉醒。知道安眠藥盡責發揮過作用，使我昏迷。
它（們）已完成了使命，是我不夠受用。

好靜。都沒有人。
都沒有人？我一個人，不是人嗎？

房間裡，循環扇兀自轉動，忽然懷疑，風的聲音之外，是不是還有雨的聲音？
潤物細無聲。心情緩緩地安定下來，等待再睡。

庫卡——寫給《黃翊與庫卡》

舞台上
神被自己的造物所吸引
渴望變成人類

渴望擁有關節
可以伸手、開掌、掐住天空
摳下一顆星星
鑲成某人

渴望擁有腳
可以踏地

騰起
踮起腳尖作為圓心旋轉
或慢跑或疾走
或盤坐如一潭深水
撐起蓮花

渴望擁有眼睛
可以閉上
辨別黑暗與其他
透明與其他
渴望身體忽然湧出的鮮血色
懂得如何結痂
渴望哭

渴望渴望更多
渴望開展
也渴望收緊
渴望節拍器擺盪韻律
渴望椅子折疊內斂
渴望手電筒照明注視指引閃爍
渴望有人把手電筒鎖緊在我身體某處
如安裝心臟
又拆卸
渴望失去

渴望變成人類
為自己所控
又失控

拉扯像僅僅是兩具宛如活物的
人型木偶
亞當與夏娃
蛇與小王子
洞與流沙
渴望與
被渴望

舞台上
神與自己的造物一起移動
不動
面對容納渴望的世界
深深鞠躬

幽靈物語

乾冷的大寒日子
赤裸的鬼呵氣
為森林製造了霧

掀開瀑布
掛在樹梢
露出一張臉
那是鬼生前斷崖墜落
無比平靜的表情

沒有了身體

還是想剪頭髮
想刮鬍子
想排卵
想射精
河水流經透明的靈魂
在堅硬的大石頭上留下
柔軟青苔

意志如風
吹皺池水
相愛的純情男女
映在水面都成了姦夫淫婦

日光再亮

無法為幽靈鍍金
夜的濃漆
卻能將其抹滅塗黑
再一次消失

清晨露珠
夜生朝死
蒸散後留下行跡
鬼的足印

水鬼事變

水

你誕生在水中時，大海如常
睜眼在水中時，湖泊如常
脊椎骨一節一節成形，江河如常
你尿在水中瀑布如常
吐泡泡在水中溪澗如常
幾乎不受影響

水不知感激
不知沸騰的爽

蒸發的飄飄然
水生滅
從創世紀以來就沒有改變過
萬世萬代
不死的詛咒
可以一直等誰到永遠

水也不知道自己存在你的體內
在你指尖關節肌膚細孔
在你的血管流動
在腦漿裡隨電流化作想法念頭
在你視線所及所遮蔽所看穿
所閉目後浮現
一圈一圈的光暈如漣漪

漸次消失。雨如常下如常不下
我如常擱淺
在你的岸邊
水不同情

最後還從你的性器官
無所事事
濺出來

鬼

世界的進步是
起初只有幾種變成鬼的方法

如今演化為許多可能

自然或非自然
謀殺或誤殺
染疫、罹癌、孤獨死
名為老的慢性病
名為暈船的急症
誰不曾在嘔吐物中驚見一小片晴
一小片陰

那年中秋
被恐怖情人做成標本
永遠地慈眉善目了；
那天午後

被動物園逃脫的老虎一口咬破氣管拖回去慢慢吃掉
尖叫逾恆；
砲彈落下，全村在同一時間灰飛湮滅
幻化作無數射線；
搭上一班會爆炸的飛機
屍塊在半空中橫陳
他們都成了自由自在的鬼魂

世界的進步是
起初多半是被動變成鬼
如今卻能主動
割腕寄生刀
服毒寄生藥
上吊寄生樹

跳樓寄生窗
絕食寄生一切對美食的想像
他們鋒利地療癒地招展地明媚地豐饒地
紛紛加入了形而上的行列

我則選擇繼續流浪
成為失蹤人口
投海寄生雲朵
四處飄
飄到紅燈的路口遮擋烈陽
飄到暗路放出閃電照明
飄到你窗口哭
藉風為你陽台的盆栽灑一點水
寄生蜂與蝶

蜜與夢。被你拌入熱茶或帶進冷夜
才心甘情願

事變

自焚過後，我寄生一塊炭
曾經生機盎然天天向上
如今火裡逼出熱淚
哭枯了，還未成燼
成草木灰
還在渴望水嫉妒水
能存在我不能存在的地方
深深海底有一些未被命名的生物我非常想認識

毒蛇牙裡有一些未被除鏽的鐵鎖我非常想破解

也想知道樹根裡的水脈是如何抵抗引力直抵果實
想知道乾癟茶葉如何在杯裡打開自己
茶水交融。水，還沖洗過你髮膚
每一根梢
流過你頸你胸你腹與私處
從腳底離開
水從你的手掌冒出弄髒字跡
水在你的署名裡
水出入你
從一個我無法到達的地方
去往另一個。從所多瑪與蛾摩拉
到龐貝和亞特蘭提斯

從七天創世紀
到四十晝夜雨

焦炭因此有了成為水鬼的願望
疲憊時候你泡進水裡
水擁抱你擁有你
有時也淹死你；
水使你活著
水不需要你
水自給自足鋼強柔軟
連火都無法將其紋身
水鬼堅強
在你面前透明
接受你的注視

水鬼與巫師

當我給他棍子與蠟與十二樓
當我給他溼疹與演員與龍的鱗片
當我給他隨機一到一百與半杯的水與殊途同歸
當我給他你
給他祂
當我給他九〇年代黑白灰

他都施以巫術組織派對在寧靜海溫泉鄉
與卡拉馬助夫兄弟們和小婦人
狂歡世紀初世紀末一千個千禧年地老天荒

當我莫名其妙
當我以假亂真
當我指鹿為馬
當我是非不分
他撥正反亂
施以巫術瓦解規則定律讓太陽竟然
從你身處的方位出現
雨傘裝雨
藥膏作為武器治療拒絕癒合的傷
來過念著倒子句個一把
砸爛珍貴的人事物
重組成廉價的人事物
設法去愛
直到血條為空

當我用盡全力讓自己死成自由的水鬼
巫師退休
過上了正常人的生活
該發呆發呆該射擊射擊
不該妄想幸福美好的未來時不妄想
渾然不知熟睡中的自己正念著咒語

水鬼與河童

又被人目擊了
樹的另一面
一支箭矢射向母鹿
隆起的肚
獵人的孩子
撇頭看向河邊

又被人目擊了
游牧民族
虔誠獻祭
祈求和平相處

直到換季

又被人目擊了
江戶時代
忍者像黑影一樣
在屋頂行走
匿於星夜

又被人目擊了
穿鑿附會
被誤傳為尼斯湖水怪
又被說成是
敵軍深入的潛水艇

又被人目擊了
照片被刊在地方版面
活了一百歲的老人因為看見
爺爺說過的那生物
痛哭流涕

又被人目擊了
和蛙一起
還有水草
河水在流
穿著紅裙子的
浮屍漂過

水鬼與青蛇

你是修煉了一年
才將四肢都收入體內不用
貼地爬行穿過草叢
吞食一窩老鼠男女老幼
欣賞牠們死前劇烈的扭動
淒慘的叫
你興奮不已幾乎顫慄
因而長出妖豔的鱗片

你是修煉了十年
舌尖才分岔

學會吐信
說謊：我信仰茹素的美德
也遵循規矩和戒律
謝絕性愛。你是修煉了三十年
才適應了四季變化
春天發電夏天繾綣秋天抽菸冬天睡眠
都未可知
修煉五十年後
你甚至開始練習做夢
夢遺

你是修煉了七十年
眼睛逐漸能辨識各種灰階、
物種複雜

人嘴裡進進出出那些不是食物也不是話語的東西
是刀械火藥銅幣玩具
小王子與蘿莉
未成形的嬰
修煉了八十年也還是感到噁心
修煉了九十年
學會流淚

你是修煉了一百年
長出毛髮
又重新伸出腳，站了起來
你是修煉了一百年，把血熬熱
把簡單的身體搓成沙
得以重塑成高矮胖瘦各種性別人類衣冠楚楚

你是修煉了一百年
才開始分泌乳汁、定期蛻皮
知道空空的脆殼只要有一個洞
就足夠鑽出來
你是修煉了一百年才搞懂怎樣欺情和遛慾

而我
是修煉了一年的水鬼
深諳水性
如同雨中游泳池
聆聽你閉氣聆聽雨水滴在池面的聲音
水鑽進水裡的聲音
潛近的前進

水鬼與海妖

海妖又稱賽蓮，
慣於用歌聲引誘航行的水手觸礁。——希臘神話

坐在礁岩之上
粗礪觸感
磨去歌聲中尖銳的部分
直到成為擁抱

成為柔軟嘴唇的吻
成為乳房
成為床
讓水手們

笑著癱瘓
重新被打開關上再打開
重新被書寫塗改再書寫
重新被打入氣體浮在水面上
重新被抽乾成為薄薄一片
降維即得道——
令他們真心如此以為
服服貼貼
回頭無岸

大型海難現場
也是派對現場
那些笑聲
都是養分和靈感

其他部分就拿去餵魚

直到現在
我仍有被魚齒啃噬
的輕微痛感
不想叫出聲音
不想知道自己是否還能
開口呻吟

水鬼與狼人（與螳螂）

月光溫柔照拂世上所有失眠的人
和鬼和狼和碎石子
青綠色的草皮柏油的街
孩子們都尖叫著跑走了
家長們報警：
狼來了！

狼人哭著說：「我也不想這樣
像母螳螂也不想
把另一半的頭咬掉。」
我拍拍他肩

聊以安慰
我知道身而為人總是要互相傷害
身而為狼也無法倖免
但我們要學會以公螳螂的心態去設想世事
要把事情都想得溫柔一些
畢竟都入秋了
月光樹影搖晃鳥們酣睡
微涼時節身上有些皮毛總是好事

有些尖牙利爪也是好事
有些獸性也是好事
如象的溫馴
兔的輕盈
非洲野犬有群居合作打獵分享的美德

我們不過
是作為食物鏈的一分子
在殺戮

我和狼人相倚而睡
公園的椅子上
天亮之後
人鬼殊途
螳螂產完卵繼續求偶
你回歸人形去吃飯喝湯談戀愛又分手
我則躲回你影子裡
避免過度曝曬

水鬼與莫比迪克

一頭白色抹香鯨
出生時已達兩千七百公斤
但相較於浩瀚海洋
猶如比微塵
更小的東西
是無數意志裡其中
不大亮的那一盞

成年之後
牠直直長大到四十公噸
很強壯了

但相較於山脈
只是人身上掉下來的一小根睫毛
相較於森林
也只是樹上的蟲卵

還是被命了名
急欲賦予意義：
之於、相對、因果、然而與畢竟
無數的獨一無二無可取代
如同星座之中的星
除了共同的祕密
也有自己不可告人的癖
一叢狂放的玫瑰被收束進同一張包裝紙
紮成同捆，香氣合而為一

消逝時間卻各不相同
沒有什麼能被複製貼上一鍵還原
化零為整
一旦被命名
神明也無能為力

偏有人
以魚叉痛擊，深深插成
厚脂肪層的背刺
愛人指尖輕觸
獵殺行動
欲擒故縱
彩排最恰當體位
逼近某洋流、某沉沒的船、某天涯海角

展開命定的戰鬥
和上一次的戰鬥截然不同
老人與海
蛆蟲與腐肉
誰是誰親愛的偏執狂
這樣你還要還要殺牠嗎？

我親愛的莫比迪克
一頭白色抹香鯨
在同一個人的身上狂怒噴水求歡
靜靜的游
到過天堂
也來過地獄

水鬼與雪人

你知道你曾經說過的／關於那些情話的不堪
現在不可控的／浸入身體發生出障礙
——郭頂〈不明下落〉

親吻融化了嘴
相依融化了肩
擁抱融化了每一處關節
哪怕只是回想些許過往
也有某些雪花粉碎
成為別的形狀

具體的海拔高度
隨潮汐改變
但在喜馬拉雅山高處
尚未被人類踏足的地方
雪人過著無比富足的生活
打開冰箱還有去年冬日的存糧
書櫃上有冰河時期造訪撒哈拉沙漠的筆記
寫著：好冷！
入夜後開一盞燈在巨大的冰塊後方看
冰滴成水的恐怖片
寂寞凍到發熱
長夜攪一鍋冰沙相抵
給自己喝

也給我喝
浸入身體發生出障礙
相愛後留一灘水
躺變成淌
再沒有裂縫折痕或破口

也再沒有無以名狀的痛
沒有遺憾像霧
像鬼
霧散不開
就告訴自己那不過是自然現象

水鬼與渾沌

「人皆有七竅，以視聽食息，此獨無有，嘗試鑿之。」
日鑿一竅，七日而渾沌死。——《莊子》

神話生物也是會死的
神話生物或許更應該死
更值得死
神話生物活著只是尋常生物
死了就不再尋常

神話生物曾經也只是一隻擅於認路的忠犬
每天出門就從內陸跑到海邊吐舌散熱
再散步回家；神話生物

曾經只是一條被隔離開來的孔雀魚
噴發式產下多子
又吃掉。三足烏、九尾狐、刑天與燭龍
曾經出現在家家戶戶的餐桌上
小孩都吃膩了
直到爆發集體傳染病
物種滅絕
從牠變成祂
從過剩的無聊的俗氣的被視而不見的
變成美味的性感的神聖的求之而不可得的
傳說中的化石

神話生物在很久很久以前也只是一個平凡人
平凡而沒有眼耳鼻口

乾淨緘默純潔無味
每天出門就從內陸跑到海邊
看不見浪花、聽不見濤聲、聞不到鹹腥的海的氣味
也無法對著海大吼大叫
甚至無法選擇沉默
被感官隔離開來的神話生物
只能獨自享受什麼都沒有
沒有什麼可張羅的世界
一個人享受永生
直到被開洞
於是有眼可瞎有耳可聾有鼻可塞有口可啞
活生生之物
皆難逃與誰相遇

人也是會死的
人或許還更應該死
更值得死
人活著只是尋常生物
死了就成為鬼
無法再鑿

水鬼與葛奴乙

提煉再提煉
你如是說

一整個家族僅留下
嬰兒的乳香

少男少女的青春荷爾蒙
愛情中人失掉的魂
牛糞裡殘存的草
汙水裡的重金屬
提煉使其單純
燦爛

也追尋某種古老氣味
恐龍存在的理由
隕石劃破大氣層燃燒自毀
砸向地面留下疤痕
的理由；
猛獁象的鼻聞過什麼
第一隻踏上地面的兩棲類
嘆一口氣；
太初之民，茹毛飲血
所放的屁
有野性美

也追求神祕
極光迷幻

像眾神與野獸在跳舞
心魔是什麼調？
天使和墮天使之間的差距？

巨大神木
開出的花
撒落花粉
致命的症
提煉再提煉
你仍如是說

即使感到痛苦也必須繼續
理解痛苦的意義
狂喜到痙攣也不能停止

理解至高的幸福有何後果
提煉再提煉
生命的真義

提煉再提煉
什麼都不曾擁有的人生
提煉再提煉
擁有了過多的人生

提煉再提煉
自己的人生
即使感到虛無也要虛無到底
寄託到底

水鬼與盤古

宇宙大爆炸
各種物質傾瀉而出
隨手一抓一把
都是實心的東西

用力掰開
這一瓣一瓣的世界
榨一杯果汁
世界是這樣從無色無味
被重組出來：
纖維、渣滓、糖、各項維生素、蛋白質、

彗星、禮拜、生態系統、一棵倒下的樹
一座橋、部落藥方、被馴養利用或食用的獸、
西斯汀大教堂、純粹的惡意、
加工的惡意、真空包裝、
萬物的葬禮與復活儀式——
一切僅源於一場爆炸

用力掰開
這一瓣一瓣的心
榨一杯果汁
世界是這樣從無色無味
被一一讀取出來：
手指、指紋、請在這裡換車、
感情線上、

前方一百公尺處左轉、
整天沒有說話、
從一些細瑣的正常的無意義的框框裡走出來、
小心翼翼撕掉標籤、
受洗、受苦、微表情、
只是想要玩玩、打個比方的習慣——
一切僅源於一場爆炸

水鬼與言靈

你說要有光就有了光
說妖魔就鬼怪
說普渡就設宴
說夏夜就晚風說秋天就蒙太奇
說變態蝴蝶破蛹羽化成仙
說髒話就生機勃發無法壓抑
造謠就成真第三次世界大戰將由外星人出言協商
沉默是金瘖啞人士比手語指揮颱風走向
雄辯是銀光說不練的人把持記憶
銅幣在空中轉了數圈落入掌中哪面朝上也是誰說了算
心口不一的人終究以口說為憑

她說她愛他他說她不愛他簡直像繞口令
裁判調出鷹眼判讀雙方皆施以紅牌強制離場
禍從口出唯有不斷吞食才能天下太平

我把自尊吞下就毫無怨言
把枯萎吞下就返老還童
我把遺憾吞下當初就選擇了正確的岔路
把欲望吞下感官就上了鎖鏈春夏秋冬沒有知覺
我把下一步吞下就立地成佛把下一秒吞下就只能活在當下
我把活在當下吞下就自由就稀薄就消失
不斷吐著泡泡浮出水面立刻啵一聲破掉
啵一聲破掉深夜打開啤酒罐
啵一聲破掉走一走忽然蹲下來哭
啵一聲破掉清空垃圾桶音效響起像落葉被掃掉

湖

我是真的想要變成海
就差那麼一點鹽
一點浪
暴雨侵襲也無動於衷
陽光普照就讓它照

我也是真的想要變成河
就差一點奔向遠方的動機
差一點氾濫成災的
邪惡與野心
青春幻夢一場幾乎已遺忘殆盡

滄桑夜以繼日
所以我只能是湖
忠誠反映天空
的一顆眼睛
大雨滂沱的日子害怕滿溢
烈日當空就祈求烏雲
有人涉入
就展開漣漪一圈一圈
比浪持久
比暗流溫柔
無論何種墜落
都想像收妥在一個深深的口袋裡
那樣接住
就好了

所以身為一座湖
也只能是忠誠反映你眼睛
的一顆眼睛
水綠瞳孔
暗色的核心滿是
藻類和魚族
水底的屍骨
默默滋養某草某樹某五穀某根莖
某食肉植物
某食草動物
如今都有某一部分我
某一部分你
世界上最令人安心的事物莫過於此
最令人恐懼的事物也莫過於此

貞子

強大的怨念纏身
如繩索套頸
亦如深受寵愛每天被帶著去散步的
一隻狗
因愛而無法脫身

荒井時光
也是防腐的時光
人間日子不過烈陽陰雨和夜晚
此地一無所有
除了地下水持續滲出

鬼故事鮮明帶感
因為死亡的過程活蹦亂跳
像無聲的魚被刮起的鱗放聲叫
清涼的泉被煮沸
靜坐的山被刨
真空宇宙有架火箭永恆地往遠方割
雜訊裡
冒出一長髮女子
從井底爬出
逕自走來
抓交替

又一名願靈誕生了

曾經他悽慘度日
如今笑容可掬
沒人知道究竟發生了什麼事情
但總有些亡者從此過著幸福快樂的日子
不似貞子與狗
留戀人間

殊途

輯三

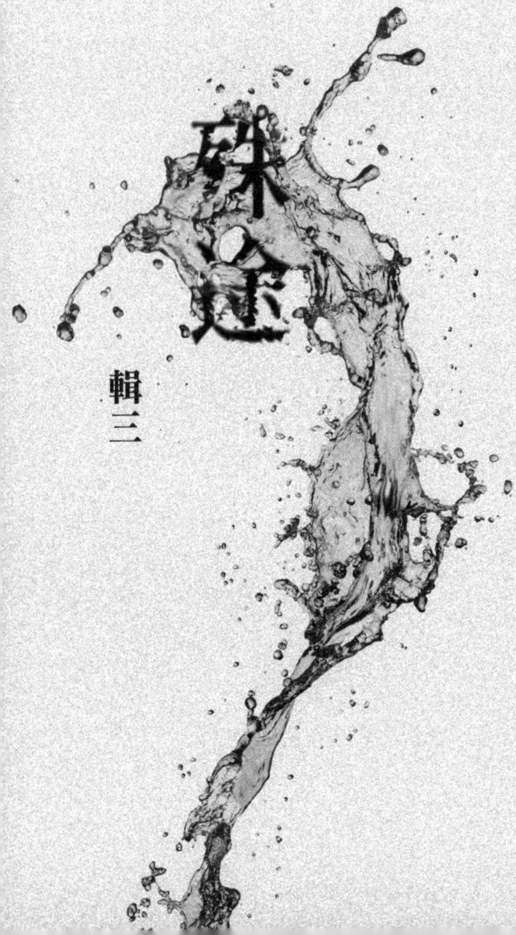

每次想要寫點什麼，缺乏靈感，就打開色情影片，自我安慰。
有時也想，真是了不起的工作與成就啊，將這樣至親至密，
至靠近的時刻，拍給人看。
發洩完後，就感覺雜念清空，可以再寫了。

寫詩有可能達成這樣的效果嗎？

寫詩不行的話，還有什麼可做的呢？
寫詩永遠是為了靠近某誰，靠近自己。只是靠近而已，若即若離。
其實我一直知道，豈止人鬼殊途。人與人也是。

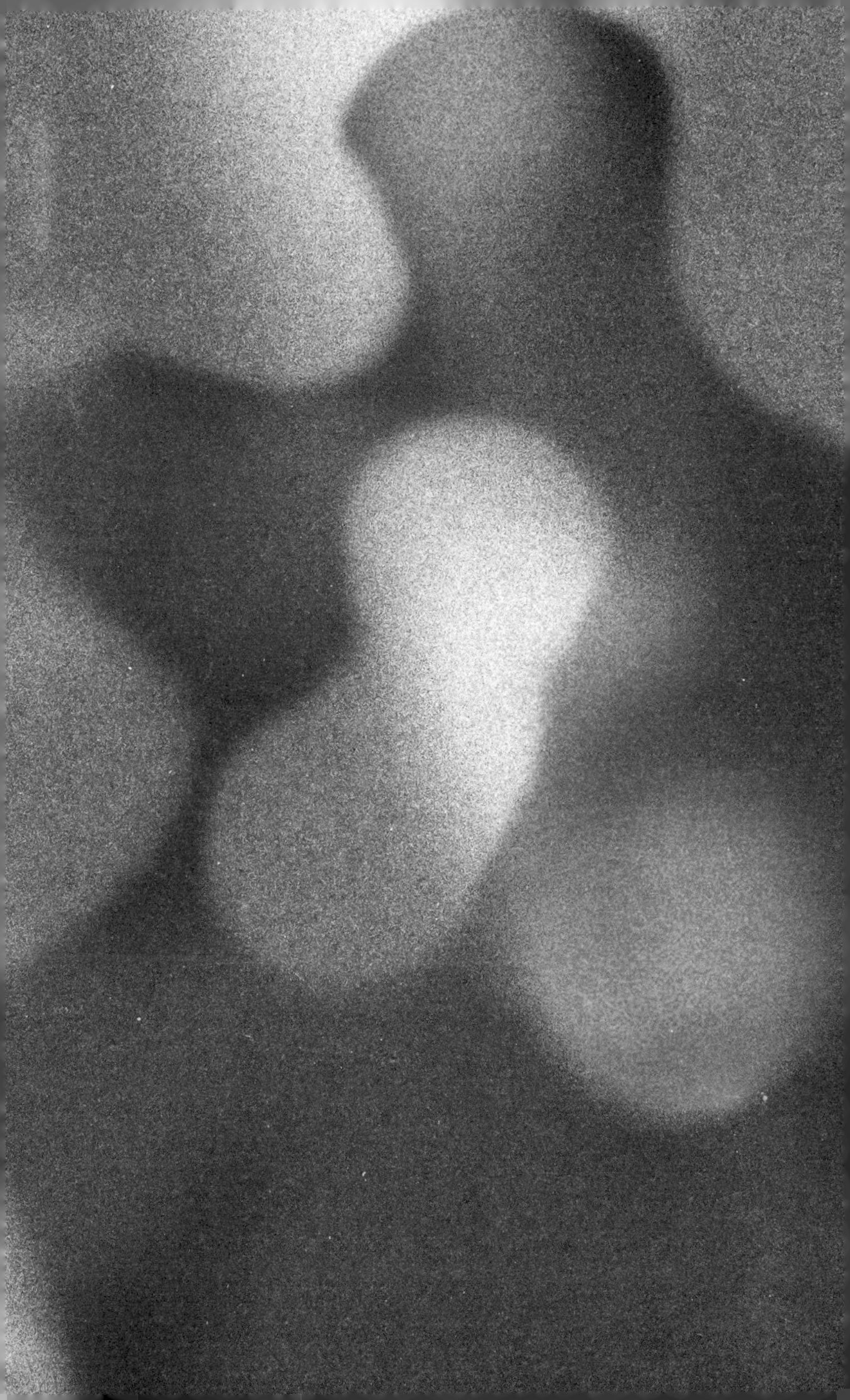

捏氣泡紙

繽紛的手
輕盈鼓點
心裡布蕾
告白氛圍
捏氣泡紙
柔軟收拾
諸如此類
很小的事

或者脫下
衣服褲子
讓螢光色
隨機游擊
交換伴侶
開個房間
半夢半醒
一百分醉
啵的一聲
世界大同
潮起浪破
淹進沙裡

萬物皆⛈

😍 情人節甜言覓語的時候在下雨
😂 愚人節大智若娛的時候在下雨
🥳 兒童節樂不可知的時候在下雨
💀 清明節路人鍛魂的時候在下雨
😫 勞動節吃苦耐牢的時候在下雨
👽 詩人節七步成屍的時候在下雨
😱 中元節普渡眾牲的時候在下雨
🤖 教師節有叫無淚的時候在下雨
👻 萬聖節百鬼夜刑的時候在下雨
😇 聖誕節琳瑯滿墓的時候在下雨

百年孤寂

夜半聽見
街道上傳來的
犬吠聲
那樣暴力如同
我們無法理解的激情
怎麼牠們也
察覺到我房間裡有鬼？

是待洗的衣物悶熱發臭
收藏的公仔無靈魂
吃剩的藥片過期

糖果融掉沾黏
他們都和我的寂寞一樣
也和我一樣

是日落之後
不斷兜圈的你
影影綽綽的你
在自己的房間我看見世界盡頭
空寶特瓶隨浪移動
大片黑石油在海上漂浮起火
流淌的焰
無差別行刑
其下的魚群則彷彿
人類第一次看見日蝕

以為世界終於要重新來過
也彷彿我第一次看見你
開到荼蘼
百年孤寂

在霧中

情欲流動
浸泡在同一條河中的兩個人
許多人
從此到彼
再從彼到此

物我無度
夢裡也相同
我們害羞
是霧
以外一切所需

離開了霧中
一個人
神清氣爽
再沒有體液可以流放

人離開
霧散撥露
所有的空缺
等待再一次的幻化
幻失

神知道

神知道
我曾碎掉
像一尊觀音被撥到地上
碎成許多刀子
每天有螞蟻試圖搬運
螞蟻因微小而能
不被割傷，慢慢將神明的身體拼起來
接合處流出汁液
我知道神知道，整座蟻巢都是靠這些汁液活下來
神也知道，我撫摸過同樣碎過的人

以一雙失溫的手
用慾望抵消了慾望
注視反射注視
幾乎是害怕留下一點空隙
好像唯有如此
我們能在彼此的利刃與曠野中
磨合粉碎又重組
有時像月光被水溶開變形又聚合
有時像鐵錘將一根釘子打進木頭製造了洞又填滿了洞

有時又像一隻蝸牛走在旱路上沿路播種
最後死掉了。有時又像誰的體液一度甜蜜後來發出腐味
又淡掉。有時像鳥屍魚屍既不死在天上也不死在海裡
都不曉得是怎麼來到這裡

被螞蟻出於本能
一口一口帶回家
餵養更多螞蟻
神知道，整座蟻巢都是靠這些死亡活下來
我知道神知道
因為我也靠過一些人的死亡活下來
靠一些沉默一些荊棘一些惡寒一些感慨
縫縫補補
活下來

我知道神知道
我被隨手撥到地上那時
頭顱鬆脫、手腳散落、脊椎骨垮掉
心臟掉了下來持續跳動非常滑稽

生殖器離奇失蹤
命案現場血跡遍布
無法更腥
一隻螞蟻迷路經過
留下氣味：這裡有一些很苦
但很補的東西
曾經完整如信仰系統
運作無虞
如冰原一層一層
保護著核心僅存的一點點清水
神知道
神誕生在那裡

自拍流出

我看著曾經的自拍流出
驚覺，曾經是那樣明亮啊
從日出到日落之間，每一次睜開眼睛
烈陽就巴上眼球
天空藍得夠浮出月光的時刻
曾經是那樣積極想要和月球對話，問它：
也想過不再打轉嗎？
正面露出，剝開身體似的給誰看嗎？

曾經是，如果雪降下來在我們的額頭就滾燙成霧
曾經是啤酒的香菸的深夜的祕密的

一個吻不夠結束約會而性愛中絕對變成無神論者的
信徒；曾經，還不擅動用曾經的曾經
我反轉鏡頭微笑自拍
如今還記得彼時穿著白襯衫
乾乾淨淨簡直像一張信紙
輕易為誰摺成紙飛機就朝窗外射出去

曾經著迷於抒情
一天到晚拍攝天空好像裡面有全部的人生體會
拍攝雲當成日記假裝它獨一無二
曾經，以為騷動的總會結晶
泉湧的必使它溫泉
每次你身體離開時，都帶走一部分的熱
也沒關係

就讓我奉獻火山裡全部的活
成為死山，被樹釘死在某個位置
奉獻海岸線裡全部的曲折
成為一直線；奉獻海平面下層層疊疊全部的裡面
曾經。現在都是空的了

一條下坡的路，通往的遠方是否只能是地底？
最快的廢屋重建，是放一把火
燒掉對吧？曾經易燃，如今是炭
是灰。是寫過的情書被公諸於世那樣赤裸
是愛過的人被其他人愛著那樣赤裸
是我已不再是我
卻又是那樣真實的我
素顏葷體，小草的順服野獸的吼

人的愛
現在都是空的了，現在沒有了不在場證明
確確實實被輾壓過
成為平面

看著曾經的自拍流出
有點恍惚
從一個夜到另一個夜之間，每一次睜開眼睛
黑暗就巴上眼球
閉眼後浮出熟悉的臉
那是誰？曾經也是那樣明亮啊
和我窩在同一側
看著紙飛機遠遠地遠遠地
飛走了
曾經，我們看著鏡頭，一起笑了出來

賤狗——寫給《愛情生活》

生活就是四處睡
從一個房間到另一個房間
另一張床上
另一個人
從慾望城市誘惑的街撿過來的一隻小貓咪也睡
無愛也睡
有愛就不睡了
生活是空間有限時間不足
生活是，對著想要全部又渴求更多的貓
說抱歉
生活是有些人就只能給你一點點

生活是家犬想要變成浪狗
浪狗想要變家犬
生活是有些狗撒尿為了排解寂寞
有些狗為了製造寂寞
生活是海的盡頭有床
床的盡頭有海

生活是童年跌倒的淤傷在體內凝縮成黑洞沃土
是青春期沒有長好的第二性徵如今生根發芽
是別來無恙欲望勃發性器在深夜開花
生活是果實無人摘取
是香甜汁液就要發腥的那一瞬間
有人伸舌去舔。生活是，總有另一隻野獸的氣味

在遠遠的地方新鮮著
把盡頭又推遠了一些

生活就是四處睡
從一隻獸到另一隻獸的毛髮、齒爪
留下足印
生活是以高潮超渡痛苦
是痛苦利用高潮衝浪攀越
某人的肩

生活是我賤
你狗
生活是神隨手布置的一缸水

讓我們載浮載沉
一起滅頂

可以色色

色情即純情
純情即色情
光譜從左到右
繞成一圈
沒有破口
中間有洞

因為透明
我看見你
光彩斑斕
暗中發亮

如果目明
就睜眼看
我有這些
你有那些
湊一起黑

如果目盲
就伸手摸
摸出一塊紅一塊綠
一塊黃一塊紫
色即是空
等待塗滿

塗以敢做不敢當
塗以只是個過客
塗以片刻即永恆
塗以以你命名的新色

可以的
你可以的
雖並非唯你可以
也並非唯我可以

循著慣例
打破慣例
脫了再脫
直到沒有

要屏除屏除
執念的念頭
錯也沒關係
沒關係才錯
我們要對得起這一天
為錯失的那些夜

我們要染過這一天
畫過這一天
寫過這一天
按手印這一天
按在竟然還空白的那些地方

我們塗這一天
以色情與純情
以以這一天命名的新色
唯我們可以辨別

充氣玩具

你來到
大型派對現場
用力吹氣
彷彿植物行光合作用

扁平的玩具們紛紛膨脹
像一張紙被折成三維
杯子被裝了果汁
音階成歌曲
再填入詞
再唱

所謂聖靈充滿
就是我充滿你吧？

你是海面升起太陽
欲望歸返
你是用力一踢
球擺脫引力
你是油
煎我玉米
努力按捺不爆炸

你離開
大型派對現場
枯枝滿室

我心懷落葉
用力擠扁每個玩具
助燃自己

下一個冬天來臨前

那些與你無關的
都甚好
譬如島上不斷嘆息的煙囪
持續凹陷的山
棲息地逐漸縮小的瀕危動物
因為不在你的關心範圍內
都獲得了
一次被遺忘的機會

你關心什麼？
關心我身上還運作的器官嗎？

關心我身上已老去的角質嗎？
你注視過的成燃料
觸碰過的都燃燒
心水沸騰到乾
我不責怪你。我責怪，春天曾把我從冰箱保鮮室
無預警拿出來

在下一個冬天來臨前
儲水、屯糧，背誦一些與你無關的句子
把自己養胖
加入與你無關的行列
靜靜腐化，被樹吸收而攀高
看見陽光稀薄
彷彿預告著，冬天的訊息

因為不在你的關心範圍內，我也
成為一片枯火焰
從樹梢墜落
當大地冰冷得就要結凍
我像被子輕輕蓋下

一些天氣現象

「動物從天而降」是一種罕見的天氣現象，指不會飛的動物從天而降。
——《每日神祕報》

1——
冷氣團鋪天蓋地
滾一顆雪球
只為在春天來時
有些什麼可以融化

2——
梅雨下個不停
好像神要登入人間被拒

寫很長的信來抗議
是誰已讀不回？

3——
方舟泊在
積雨雲裡
沒有人類的地方
蝴蝶甚至能產卵在閃電之上

4——
大暑自深處
抓一把熱浪投出
助興淋漓
太平盛世

5——
小孩睡了
午後雷陣雨來了又去
小孩醒了

6——
整座森林
以霧結界
如同鬼魂
愛著生靈

7——
微風吹動
地上落葉

告訴枯枝
苦的消息

8——

突然的旱
留下漣漪的痕
象也渴死
鯨也渴死
唯水熊蟲裝死活了下來

9——

再如何呼喊也沒有回音
的平原之上
龍捲風無中生有

10——

軍隊空降在學校操場那一天
焚風也來
索取紙錢

11——

颱風警報
停班停課
在家留意
防空警報

12——

晴空萬里
砲彈落下的前一刻孩子說：
氣球掉下來了
砰！

13——

坦克輾過工人回家的路
海市蜃樓的後面
是最後的晚餐

14——

煙硝遮擋
如雲飄過
使滿月歸零
恐怖分子列隊自暗面出發

15——

臨時醫院為了方便
蓋在墓園旁邊

單向通行
流星的路徑

16 ——

冰雹是為
母乳保鮮
也減緩某些
屍體腐化的速度

17 ——

霾害裡
人禍失去天敵
無止境自我複製
直到連鐵都成為珍稀資源
舞台換幕
石器時代加場演出

18——

迷彩晚霞
完成一次無效的輸血之後
黯然退場

19——

雨下不停風
風吹不斷雨
血腥鎮壓後
某彩虹獨立

20——

所有沙灘
都曾是人眼裡的沙塵爆
哭出來的

21

冰河時期
唯乾燥物
無端存活

22

冬去冬又來
霧淞努力抵抗三顆幻日
鑽石塵閃燃雙眼

23

極光遮掩之下
我們全裸

將雲雨進行到底
動物從天而降

日全蝕

日全蝕可以
月亮也可以
銀河可以
黑洞可以
儘管看著也以為沒在看著
仍可以

只有你不可以

一想到日全蝕可以肉眼直視
就想要殺了你

防腐後放在展示櫃
其他的死人旁邊

桃莉羊

活著即甦醒
活著即髒
即卑微
活著無與倫比
即美即可愛
即空穴來風

活著即冰塊
活著摩擦生熱
活著解凍
活著滴一滴水

隱喻般暈開

活著在草地上
活著嚼草
活著是一生裡有此時此地（嚼）
有過去如果將來或許（嚼）
活著被認為是怎麼可以（嚼）
活著被認為是背德（嚼）
活著是超過了七天七夜（嚼）
超過世界（嚼）

活著愉快
活著感動
活著是站在圓心處

看日出月升星盤轉動
活著是乘海觀光
活著一望無際
活著即嚼
自給自足
嚼到無味
也很美味

淡痕

窗台上的盆栽前幾天
開了一些花
風吹過來，我彷彿聽見花們在說話
朗讀我年輕時候
給隔壁班的誰寫過的那封情書。朗讀
體育課汗溼的衣服，伏貼誰身體的稜線
朗讀，有人在下課後趴在桌上哭了

朗讀風如何拎起海面
遠遠地遠遠地捲過來
涉進沙裡

有些事情的證據幾乎是不可能存在
除了你輕輕呵在我掌心的一口氣
催熟的心
才知有缺角疼痛

但我仍不知道，盆栽的細枝究竟在何時結出花苞
也不知道恥毛在何時竄出體表
皺紋何時如雨水沖出新的河道
淡痕間疑問盛開
不知何時結果

不知，為何有些花苞最後沒有打開
就墜落。又怎樣呢？
開過的花還不是一樣萎靡了

時光踏過無聲
化石留不住任何一刻
心的齒痕

無知欲

大多數時候我知道得
太多了
我知道一首歌和我一起變老
一首歌半途報到
它們在不同哨所荷槍守備
風寒雨大時擊發
我不想如此又狠又準對付心裡另一陣營
偵察的兵
不想知道前任現況
好或不好

也不想知道現任以往
承諾過誰？
我不想知道天氣預報明日的放晴機率
不想知道雲的下一程
星碎的可能
夜裡我抬頭想看見的是遮蔽與掩飾
沒有什麼得以辨認與參考

金屬融前形狀
金屬融點熱度
金屬融過與否
我都知道
但我不想知道

想要忘記的事情
已經焊牢
想要忘記的事情就是
焊的過程

原本還想要多說些什麼
直到回過神
因為不想知道陰影的面積
閉上眼目睹更多黑暗
不要告別
回頭取消那一次美好的見面——
我就不透露細節了
我不想知道
誰可能不想知道

無知就不怕
突然拔高的一顆音
把我像魚釣起來
也不怕從頭到尾淺淺起伏低低迴盪
等待浮標動靜
無知的話
我就可以只形容一首歌曲
不錯聽

心腸彎彎繞繞
一條可供疾駛的高速公路
不足表述
我不想知道

想馳騁而過愈快愈好

迷你，不作為動與受詞
只是微小
寧願這樣誤會
溶一顆迷你的藥丸在大量清水裡服用
那樣誤會
不想這樣懂我自己

像知道曾耽溺過的一些圓心
擴及半徑
新造的海洋
填以新造的荒漠
災情控制得宜

日記寫下：
感冒在半年之後獲得有效緩解

這輩子已經來不及

囚室裡罪犯說：
這輩子已經來不及了。
這輩子愛過一些人，理所當然
那樣愛過。這輩子也對不起過一些人
非不得已，那樣的抱歉
這輩子撐過傘
這輩子整理儀容走出家門
這輩子明知無用仍然去做一些事
這輩子那一刻鬆手還來得及
這輩子現在來不及了
還是有些話想說。

說曾見過一隻鳥以慢動作飛過窗口
在第一次求神現身的時候
十歲的我只是想見祂一面
僅僅見面已足夠
僅僅見面已是詛咒
這輩子已經來不及
提醒自己切勿輕信
神會出手相救
也不要相信自己
在神出言相勸時會依照神囑去做
這輩子已經來不及悔改
這輩子知道重來一次也沒有用

說曾夢見自己不斷在墜落的途中
夢見自己不知何故被追殺
不斷逃躲。夢見自己把整匹春天披在身上
遮擋兩具赤裸的身體
不斷親吻面目模糊某個人
在床上醒來逐漸為那輪廓填上血肉
這輩子已經來不及回去確認
回去說些告別的話語

這輩子已經來不及更熱烈更冷
這輩子已經來不及走往那裡或留在那時那刻
那個原地：
如果當時沒有急著離開赴另外的約
如果當時沒有忽然膽大忽然膽怯

如果當時沒有涉水般試探
縱火般點燃
如果當時更加絕決面對那些絕決
這輩子已經來不及知道會不會怎樣
會不會也不怎麼樣

這輩子只能是這樣
這輩子已經來不及倒數
來不及計時——
時間是海一層一層沒有分別
忽然就掉下去
又浮出
時間是一隻鳥以慢動作飛過窗口
時間就是這間囚室

時間是我在這間囚室裡說：
這輩子已經來不及。

髒的好東西

喝到了渴望許久的死藤水
在幻覺中搬離精神病院
敲響你家的門

買到了那顆夢寐以求的惑星
將收容的鬼都押過去後
獨自返程

爬過了一直想爬的百岳
沒有失足滑落
山谷失望

攀過了一直想攀的那具身體
妄想能若無其事離開
再一次失敗

欲望是需要現點現宰
現在就吃
不然就會變質

欲望是不用睡某些床
也知道總有些床
更硬或者更軟

為什麼總還是想

都睡看看呢？
他的臂膀她的乳房牠的皮毛祂的懷疑
都還有欲望更壯更大更茂密更深切
因為欲望是唯一同時具備聖潔與髒
的好東西

往好處想

往好處想
你不小心錯手鬆開了握緊的拳頭
讓氣球飄遠了
又如何？
氣球會代替你去
想去的地方
夜的最深邃處
太平洋海中央的午夜十二點
忽然踩空的自由落體掉到一半
配偶換過五六七八位
未知的果未懂的因

死後渺渺
繃緊的地平線被誰撥了一下發出顫音
只因為你鬆開了拳頭

最後不會有人等你
最後你沒有等到
執著到最後連說「被辜負了」都稍嫌言重
隨便到最後連說「我要謝謝我自己」都說不出口
往好處想這些都可能發生
往好處想神明的邏輯漏洞百出
是蜂窩與蟻巢
同時蜂鷹與食蟻獸
往好處想數學雖為世界的唯一真理

其正解仍包括無限多解與無解
與不存在
抵死不從也難以改變——
僅僅是難而已
不是不可能：
一條橡皮筋可能在適當的時候成為救世主
放棄成為魔法師的時候會成為更強大的魔法師

寫出我桌上目前有的物品
也就寫出了我桌上目前沒有的物品
剪去指甲就留下餘地
在指尖
從出生到死都指著某一個方向
某一種救贖

坦白假射
告解假赦
都像心因性的吻
假設我們往好處想

往好處想就是氣球沒有在你的手上爆掉
往好處想一盤死棋才是永遠活著
往好處想睡過之後我們終於不言而癒

詩給我

是一個下午吧
我遇見詩
詩凶猛，亮出刀子，在我手掌
劃下深深的割痕
直到現在，那傷口還在流血

那是詩給我的禮物。從此理解了血的語言
血凝固，血剝落，血化為粉末
血在下水道，生鏽
血也在衣服上洗不掉
詩翻譯：愛情和血是類似的東西

別人給不了我的東西
詩給我。在另一個下午，我遇見
另一首詩
詩溫柔，張開雙手，抱我
像一個初生嬰兒本能
像一個哭泣孩子信任
像告別
詩懂我，沒有得到
離開時想要的那個擁抱。詩給我。

在我離開的時候，詩在
在一棵樹裡，樹裡有水流動
在一張桌子上，雜物堆積，沒有秩序

在愛人的撫摸裡，那是我最不需要詩的時候了
詩成全我的不需要
當我一無所有
詩給我，詩本身。詩人尋找著一首詩
詩尋找我

詩客氣，不翻閱自己；詩冷漠
不解釋自己。詩生活
生活是把一個句子拆成一個一個字
拆成許多筆劃
再組成不同的句子；生活是
剛割過草的綠，剛下過雨的藍，剛燃燒過的灰
生活是透明無色
詩是吹一口氣

詩給我，在十七歲，二十九歲，四十歲
詩安靜
在我需要的時候
別人給過我的一些錯誤的東西
詩包容

洪荒初始，詩和石頭一起誕生
石頭被海浪沖刷成沙
幾乎就要看不見
詩也愈磨愈鈍——
那個下午，我遇見詩
握得太緊。什麼東西握得太緊都是自己傷害自己
掌心的血還在流淌
詩知道，詩給我安慰

後記

不明下落

時間是二〇一九年六月十一日，我和同事小岳搭機到台東，準備轉機到蘭嶼工作。飛機在風雨中降落，但迎接我們的是取消的航班。確定行程無法按規劃走後，我重整備案，聊以安慰地登記完候補，就和同事前往搭船處確認明早啟航時間，訂了民宿休息。

無論如何都無法改變現況了，索性視其為意外的假期一晚，借腳踏車到附近的富岡地質公園逛。岸被海和風蝕為各種形狀的礁，被人們看作蜂窩、龜陣或豆腐。出於對「隨機」「錯落」「不規則」等強迫症般的好感，我對「礁」也有連帶的喜愛。若非小時候曾看見許多海蟑螂在上面亂數遊走，恐怕會更早對其斑駁、粗糙、坦露和堅硬的氣質做出表白。

不夠格說是物傷其類，單純敬畏它經年累月地直面傷害，不圓滑不粉碎，矗立直到轟然倒塌。我做不到。

那時的我，只是隨身攜帶公仔四處擺拍，放進積起水來的石頭孔洞，像站在獨立露天澡盆中，頭頂著陰天，以太平洋為背景，兩尊小小的塑膠人像與狗，就這樣泡在湯裡，上半身露出微笑不改的臉——這麼說，好像它們真能感受到淹沒的危機？

至少我是沒有。我和小岳漫無目的走，跨步踏石，苦中作樂拍照。天黑之前，趕路回程，在溼的木棧板上，小岳忽然一喊：「等一下！」已來不及。一隻雨後出來散步的巨大蝸牛，慘死在我腳下。脆與黏感，毛骨悚然。

無論如何都無法改變現況了。

便利商店用過晚餐，回到民宿，洗完澡，便無任何要事非做不可了。孑然的我，在寂靜的夜，極簡的房，遠離台北，在某個不知原來一直期待的異時空，緩緩沉澱，像一顆灰塵飄飛旋轉許久，輕輕落在地上，悄無聲息，但確實地著陸了。

我從包包取出上一本詩集的初排稿件，讀了起來。手機裡還留有當時拍下來傳給主編的手寫校對照片，甚至有臨時起意新寫的詩。那時的詩，寫的都是淪陷。心像一顆布滿孔洞的石頭，大雨過後，四處積水，而我只是逕自耽溺窒息，不理會外界有人揮舞示警旗幟，或丟來救生的圈。

隔日，我們隨船在海上破浪，靠岸後，手機一口氣收到許多訊息，是本來預計晚我們一日到達的同事，先一步抵達的報信。他說：台東機場櫃台廣播候補名單，念到你們的名字，都沒人到，「我就這樣搭上了飛機。」他且說：出門前，臨時決定帶上護照，以便隨時被召去香港記錄歷史。

後來的事，我們都知道了。一人淪陷，乃至一城淪陷，世界淪陷，有些傷痕被留下來，開始了漫長等待，等待全面的毀敗與遺忘，像消失的礁。

消失之前，學習麻木。在聽過許多更恨更苦更無能為力的他人故事後，也逐漸對無病呻吟感到害羞，對寫作一事心生倦怠，想寫的欲望減低，要寫的力道疲軟。「都已經試過了，那沮喪並不能好一些。」借用郭頂歌曲〈不明下落〉的詞來交待自身，大概十分合適。

歌名本身，則是我對此間幾年的自己，最好的註解：若即若離，不明下落。平行宇宙裡，當時的月亮或許還在發光，一百種生活的可能性，仍只能擇一體驗，同時妄想更多。變動也是有的，譬如家裡多出一種孩子的哭聲，或者母親血檢出現嚴重異常，不知是好是壞，查到最後仍找不出原因，只能持續吃藥，壓抑無法理解的症狀。醫生判斷：可能就是年紀大了。

就像某天，我驚覺眼睛對不到焦，原來並非使用過度，而是老花。時間流逝，鑿穿一切的理所當然，成為前塵。無論發生何事，我終究要失去自己的。這才是無論如何都無法改變的，將不斷改變的實況。

所以才持續在寫吧？所以才這樣寫著嗎？想起出發往蘭嶼前不久，接到自由副刊邀請，以手寫字體記下一則約莫十字的文學定義，當時寫下「文學是浮木」五個字，交稿時知道俗濫，但因為是事實，沒有掙扎。

曾經在不同公司，被有熱情有才華的人所照亮，耀眼能力雖使人嚮往，但也讓我擁有以為珍稀的能力被迅速稀釋、看穿。惶惑茫然之際，朋友遞來橄欖枝般的指點：「可是你會寫作。」彷彿多一個切割面的稜鏡，要我相信自己在同樣的人事時地境況下，至少能為自己折映出多一點的光。

深深被安慰，直到現在。是這樣才一直寫的，直到現在。只是清楚總要有所改變。另謀出路也好，重擬策略也好，寫作《水鬼事變》，我刻意強迫打破某些口吻的慣例、關注的主題，一邊自我懷疑，一邊攀越前進，希望它能是一趟返回火山口的旅行。希望忽然照亮路旁小鹿的手電筒，也照亮了幽靈。希望打開對話半徑，讓對象不再是不同時態的自己和周邊。

希望自己能像水般存在於更多地方。希望自己能不只是涓滴細流或兇猛潮湧，更能在敘述上直接成為誰沖澡的水，漱口的水，滲出的體液，飲用的毒與藥，更詭譎異端，更無情可怖。

詩集裡的詩，從早期的〈已知用火〉〈下一個冬天來臨前〉到〈自拍流出〉〈神知道〉等，接著砍掉亂練般發展水鬼系列，再回歸原始設定，寫下〈這輩子已經來不及〉〈無知欲〉等，確實有我所期待的，不可逆的蝸牛之死，一次性彰顯的硬傷與軟腐，以及礁石體內不同地質作用下，養出各種的坑疤樣貌。如果可以，我還想用結巴的窘迫節奏寫一首詩，如果它能更嘲諷更不政治正確更莫名更讓人不舒服。沒有寫成，就當是懸念吧。

最後，一心希望自己轟然倒塌的人，竟然還被接住，要感謝自由副刊孫梓評，時報出版羅珊珊，為前身《奶油事變》和本書做設計的陳昭淵，以及並不知道自己被借來一用成為訴說對象的幾個人。我或已不明下落（像那隻真的被海浪捲走的公仔），你們仍貢獻所能，讓我像一個不存在的人，仍沐浴著想念。

以及讀者。最後再援引歌詞，作為祝福：「好在是原野，若是不停歇，說不定能走出重圍。好在是山海，若是不感慨，應該還能浮出水面。」我感謝你們的出現。

湖南蟲

台北人。樹德科技大學企管系畢業。曾任職出版社、報社，現職記者。經營個人新聞台「頹廢的下午」。著有《最靠近黑洞的星星》、《小朋友》、《一起移動》、《奶油事變》等。

AK00445

水鬼事變

作　　者　湖南蟲
執行主編　羅珊珊
校　　對　湖南蟲、羅珊珊
美術設計　陳昭淵
行銷企劃　林昱豪

總 編 輯　胡金倫
董 事 長　趙政岷
出 版 者　時報文化出版企業股份有限公司
108019 台北市和平西路 3 段 240 號
發行專線 —（02）2306-6842
讀者服務專線 — 0800-231-705・（02）2304-7103
讀者服務傳眞 —（02）2304-6858
郵撥 — 19344724 時報文化出版公司
信箱 — 10899 臺北華江橋郵局第 99 信箱

時報悅讀網　http://www.readingtimes.com.tw
思潮線臉書　https://www.facebook.com/trendage
法律顧問　理律法律事務所　陳長文律師、李念祖律師
印　　刷　勁達印刷有限公司
初版一刷　二〇二五年五月二十三日
定　　價　新台幣三八〇元

時報文化出版公司成立於一九七五年，
一九九九年股票上櫃公開發行，二〇〇八年脫離中時集團非屬旺中，
以「尊重智慧與創意的文化事業」爲信念。

ISBN 978-626-419-433-4
Printed in Taiwan

水鬼事變 / 湖南蟲 著 . -- 初版 . -- 臺北市 : 時報文化出版企業股份有限公司 , 2025.05
224 面 | 13×19 公分 | ISBN 978-626-419-433-4（平裝） | 863.51